節節

setsu setsu

Uki Kawakami

川上雨季

七月堂

目次

目次

節節

惑星

息を吐く、白い煙はすぐに空中に分散し色を見失ってしまう。手を伸ばせない人びとは宛先のわからない手紙を聖書に仕立てあげ末端の惑星にその身をささげようとするが、音速は遠くとおくの空にあり静かに廻ることはない。あの日の光る静脈を、しだいに加速する憧れを、おぼえていますか。慟哭を覚えたフイルムのにび色は透ける肌のやわらかさを不器用にいま知ろうとしている。すぐそばにあるような、錯覚。通り過ぎた掌上のほうき星を求めるならあなたはすぐに瞬かなくてはいけない。悼んで去って流れだすわれを忘れてしまうほどの疾走をすべての残響が欲しており、かれらは手を伸ばせばそこにあるような神妙な地上のひかりをいつまでも尊ぶ。フィロソフィを愛せば愛すほど真実は殻から遠ざかっていくように薄明かりが生じることなどどこにもみとめられないそれでも花朝の水底へと泳ぎ始めればコーヒーの湯気はすなおに彼の頬にかからんとした。すなわちこれこそ

……

如何ほどまでの明滅か、走りだした刹那に悟る／

うみべの雨

いまにも光を呑まんとする、だれかの水平線
　　いろめく

包むべきは柔肌か　遠いとおい近くの凪か
飛びこむすんぜんに逡巡などしないように
宙を掻き分くこの指先は
果てない無色をただあらためる
それでも凪は香りつづける

明日を見いだす砂浜で
肌のしたまで迫る雨にも
ひたと寄り添う今朝のまなざし
あたためられた頁のなかで
ただ
揺らぎたかっただけかもしれない、
あなたが目にするすべてに繋がる
あいまいな
孵化の
なまめき

水晶

密やかに息をする明日
たとえば
恋人に買い与えられた本
魚の挿し絵のある文庫

忘れられた生活のすべて

Light House Cuba

湯を沸かすほどの熱い、あつい、
今朝夢でみた白い壁の角、コンビニエンスストアのような、
郊外にたつガラスの映える現代的な家のような、
それはどこで切り取った風景なのだろうか。

それはたとえば外国でみたフランス映画の一場面。
青い画面は哀しく、
わたしは売店で買った固いままのアイスクリームを舌と前歯で削りながら眺めていた。
寒々とした路地にひっそりと存在する映画館はいつも観客がおらず、
わたしはまるで映画館らしくない階段状のソファの並ぶ客席に

たいていひとりで座りながらふわふわのクッションを抱きしめ
馴染みのない外国語の映画をすこしだけわかる外国語の字幕で何本も観た。
売店ではコーンにほとんど完全な球のアイスクリームが載ったまま
透明のビニール袋に包まれて売られていて、
いまではすべてが偽物だったのではないかと憤る。

陽だまりのあたたかさに目眩を起こす熱情を、
心臓から熱い血がじわりと拡散するやわらかな愛情を、

ほとんど通り雨のように昨日の続きを手で温めて、
引き出しにしまい込んだ。
別離を惜しむ必要は今更ないと思うのだ。
我々は裸足で外に出る、

青白い朝の始発を一緒に待つにはまだすくない。

あなたの白く細い指は美しい。
あの日、
いまはもうなくなってしまった横浜駅の時計台の下で
あなたがわたしに気づかず通り過ぎてしまうことを望んでいたのに、
あなたは待ち合わせよりずっと前にやってきて
たしかにわたしを見つけてしまった。
心底失望しながら
笑みを浮かべる。

真っ黒なくせの強い髪とパーマを当てた焦茶の髪、
地面に落ちる影の形は変わらないのに
あなたが不器用に読み上げるスペイン語はほんとうにへたくそで、
それらはとるにたらないことなのだけれど、

線路は切り替わってゆき藤棚の藤はもう咲かない。

光速

ちょうえつする
まぶたを
血液を
じょうけんを
街を
熱湯にさらされた舌を
弄ぶと走る光の粒
フイルムにやきつかないほど白く
明らかな作為を残し
われわれのおおくは不老不死です

○と一をしんらいします
いつでも
お湯を沸かすと

無題（ほとんど静かな）

むかしから横浜駅の西口とは相性が悪かった
西口の予備校には行かなくなった　二度

こう‐りょう【荒涼】
［名］建設中の柱の幕に明滅が見える
高島屋よりはだんぜんそごうが「エレベーターのロープは切れない？」

あい‐とう【哀悼】
［名］知らないひとにも花を配る

昼休みの凪
・サーカスのテント
・遠くの風力発電機
（もしくは鉄道模型博物館）

きょ - ぜつ【拒絶】
［名］なおもやはらかな薄氷

ポルタの前はキャラメルナッツの匂い
あれから五年も経ったのにそれでも忘れられないの

しん - ちょう - しゃ【新潮社】
［404］*1 知らない映画のサントラを聴く

東口でも東進はいや
あすこの夜風はからだに障る

せつ‐じつ【切実】
［名］①純水使用の190ml ②それはいけないことですね

暗い毎日を抜け出す後悔
↓どうか節電にご協力を
それは一時的なものでしかないので
↓頭上に注意してください

そうしてそれから、

*1 ERROR 404 Not Found: 大昔には透けていたけれど、現在では溶けた見出し語

形象的○○○○

逆さづりのワニが踊る
イルカの骨が背中を泳ぐ
すべて失われた箱　その中のこと
壁の花弁を指でなぞれば
一瞥してその脈拍を叩き割る
ひゃくろくじゅうとさんぶんのいち
置き去りにしないでほしい

さながら崩れた大理石
明かりはまるで役に立たない
やわらかく投げ囁いた

鋭利な跪座のちいさな仏
なくした指は霧になった
（精彩を欠く　精彩を欠く）

古びた椅子が最後に佇む
遠ざけた皺もつややかに鳴り、
円錐形にことばが沈む

零れなかった硝子の先に
髪をひとふさ、床に落とした

恋の家路（新学期）

おそろいの靴下を履いた女子高生たちは歩く、あるく、歩きつづける。ゆでたまごはコンビニのやつが味ついていておいしいの、白身がぷるるんってして、黄身はほんのちょっととろとろしてる。ファーストキスは檸檬の味ってよく言うでしょう、わたしねあれは嘘だと思うのほんとうは触感もあじも感想もコンビニのゆでたまごみたいなんじゃないかな、サフランは慎みがなかったから摘まれなきゃいけなかったし、わたしたちにはわたしたちしかいないから指先の隙間はちびたチョークから渡り廊下の人工芝まで伸びたり縮んだりをくりかえしてる。明日は何度もなんども何回でもやってくる、ぐるぐるまわっているうちにどろどろに溶けて気がついたらエンゼルフレンチの粉砂糖がかかってないやつになってたら楽しいのに、ほんとうに探したいことばは辞書には今日も載っていなくてうんざりしちゃう、なんでNHKアクセント辞典は図書館にあるのに東宇治ギャル語辞典はこの世にないんだろうね。来週滋賀県民と戦争になって琵琶湖疏水が止められちゃったらきっとブータンの王子がエベレストの雪解け水を鳥の足にくくりつけて届けてくれると信じてやまないから彼女たちは今日もかろやかに角を曲がる。食パンをくわえて走らない、小倉のコッペパンなんて食べたこともない少女のLe temps de la rentrée.

毒薬と媚態

明日会ってつぎはいつか
なみだぼくろ噛みついて
撫でた髪はかきまわして

もどかしくて弾きとばす
巻いてあれば巻き取って
声を聞いて思い出して
明日会うとまえはたしか
きいてないのきいてほしいまたすぐに泣いてしまう

こまる訳はわからないのもて余して置いていかれて

明日すぐに走り出すと
飛んで逃げて声はきえて

せまる間近思い出して
なのになぜか今が火照る

運動場の遊歩道・深夜

沈んだ身体は霧と相似であるのに左耳には音が届く、超然
としたうらめしさも深く翳るそのときに許しをあたえてや
らないといつか壁の木立に溶けそうで聴いてほしい歌があ
ります／目蓋に降り立つ蝶は柔らかな膜の密着をさまたげ
る／悔しさを悟るほどに分裂してうたうひとの涙に呼応し
ていやらしく光る波／不細工なこまどりに愛おしげな視線
を送る木曜日／あなたの濃い色の靴下がのぞき濡れた気泡
に吐き気を催す永遠の／遮る肉体を鮮やかに香らせる白い
油、てらてらと光る黄色い靴紐「いつもよりセクシーだね」
わたしとおなじスニーカーを履いた小柄な男／ベンチに投

げ出されたおおきな荷物／背後の恋人たちの話し声／俯き
歩くと明るい糸がらせん状にまわりはじめる

こめかみ

駆け足でまだ見ぬあなたに会いに行く。駆け足で、傘を
持たずに強い雨の中を、整えた髪が乱れることをすこし
気にして。足を止めシャッターを押したとき視界に捉え
ていた閃光は永く留まることを拒んだが不本意な結果は
ふしぎと想定より美しかった。

からだが揺れる。あいまいに難病を騙ることの罰なのか
生命への餞別か
紙切れとミラーボールがわたしたちを
ただ繋いでいる

細い耳鳴りの音を縫ったわたしの命綱。すう、と息をひそめ、厚いガラスに潜っていく。ファミリーレストランの窓の水滴と、土の匂いのする空気。若い男は砂の匂いがすると霧のなかで声がした気がした。どうしたの、はだかの首筋に顔を埋める女にあなたは首をかしげる。初夏の広場をうすめた気配の、そういう男が憎らしく、つい先ほど見知ったばかりのあなたを、しろいコートを着た、おんなのあなたを弾丸が貫く

落花流水

花散る朝の光になって、きみの探した尊い火を待つ。かたどることをやめた声帯のすみずみにまで浸透するのは、なんだろうね、いつか見た虹の乱反射によく似ている。影のとがった吐息を震えながら逃がした、いまもこれからもずっと夢の中かもしれなくて、それならどんなに良かっただろうと泣いてしまった。憧れは力なのよ、得意げににやにやと告げた意地悪なあのうさぎと井戸に落ちなかったわたしの話。すりがらす越しに指を重ねるわたしたちはくちびるまでは重ねられてもそれぞれに飛び込まずにはいられない、わたしはがらすに、あなたは深い水に、体を預けてうつくしく彷徨う、花散る朝の光になって

Portra400 多重露光

Ⅰ

「すべて知りうるのだ」
月のある密室で睦みあう

Ⅱ

百日紅がよく咲いていて、
それがいまだに焼きついている目

忘れることもあるでしょう、
すべてが繋がるシナプスの朝
車輪が揺れさえしなければあなたはいまも手を振ったはず
浴槽のすみにうずくまる、あたたかな色のかたまり

Ⅲ

腐りかけたマヨネーズを右手で投げつけ
わたしの髪を撫でる
（とろとろ流れる）

（緞帳）


古びた文机の引き出しをあらためると、寂しげな果実がまろびでた。

この人はきっとぼくよりずっと濃い霧にゆだねている。

推測は可能な限り全速力で、彼の遺した匂いがわらう。

頬杖をつくと硬い音を拡げて波が反射した。

コの字を悟るといてもたってもいられなくなり、有楽町をかき乱したぼく【爪に火を放たないでください】おまえのスエットの匂いが憎い。

Ⅳ

叫ぶ
（さけぶ！）
収拾

選択
手に
とる
とぶ
とり
閃光
！！

Ⅴ

記憶が赤々と腫れている。
息を浸すとしぜんにそよぐ光は昨日のぼくを知っている、
重なる肌がおそろしく、朝日を優しく撫でていたはず。

人魚の鱗を舐めたときたしかに咲いた罪をころした、
それでも慣れた歌を忘れた。
こうして人は紙を求めるようになったのですね、
呟くきみのうつくしさ。
違うよ、瞳孔の中に刃はあるんだ。
接吻をしてぽちゃんと潜った。

Ⅵ

寂しさをつまびらかにした
あなたの
潮の引いた指先は
受話器を真珠に立てかける

けらけらと笑う声がただ響く
風船が飛ぶ

「祝福はお嫌いですか？」

着地をしたらきっと泣くのだ
わたしは屋根のふちに飛び乗って
ようやくあなたに会いたくなった

（ストロボ）

ペダルを踏み込めば前に進めると思い込んでいた幼い日のぼくは前転ができなかった。手にとる代わりに蹴りとばしていた。飛び出してきた圧倒的な湿度の恋愛は、クラクションの響きに揺れる陽炎の皺を簡単に拭い去るほどの引力だった。時間はポーズを取りたがり、下手な素描をびりびり破く。広角レンズで平らかに。膝の皿にまつわる奇妙な性癖と背中合わせで進む毎日、〇と一を嫌う快楽。みじん切りなら間違いないね、きみをたしかに葬れるから。「あいしてるあいしてるあいしてる」秒速でフラッシュを焚く教師。

Ⅷ

基本的な日々のトロフィー
要約すると
（とめどない日光もしくは月光におびえ続けていた

のだ、もはや轟音さえも愛しい。目を閉じて絶叫を聞き彼女はようやく自覚を持った。掃除洗濯炊事はしない。明日からはラーメンの汁も飲もう。意欲を持って行進をすべきなのだ。壁のポスターを剝がし羽毛の布団に別れを告げる。スピーカーはそばにいてもいいかな。エキセントリックさを欠いた恋人同士の周囲には連綿と人が走り続ける。意図せず嘲りの声が漏れる。トゥループはまだ練習中です、明日には耳かきをします。歯磨きをすると貯まるポイント、ゴミを捨てると減る砂時計。文句を言う小人が押し寄せる。存在価値を問うほど親しくはない、それでも指紋を採取しておく。あしたは嫌っていたはずなのに、シャワーカーテンを束ねる気遣い）

Ⅸ

ほほえむ溝「たしかに愛しておりました」
冷えたさなぎを手にとるほどに
くびをのばせば

Ⅹ

輪郭を幾度もなぞり
音速ときみに会いに行く
幹を抱くような安心
揃えた指を重ねるように

ハレ

白を重ねる／三角形のちいさな布に収まらない鼓動はどこに居場所があるのでしょう、答えはいつでもとろみを帯びて、爪の先からしたたり落ちる。その軽々しさを剽窃しようとあなたは今夜も蒸発皿をかまえていたのに、輪を飛び越えると東横線のシートに出会ってしまった。ご機嫌ようが上手に言えず、舌はかろやかに踊りはじめる。ラッタッタラッタ

ッタ、集約された愛の結末。周縁のテレパスはあなたに数字を教えましたか。笑ったそばから零れるトリル

すきまに

I

溶けてから気づいたこと
は数えきれない
うすいまぶたの
二重の溝にたまっている
つやつや光る乙女の港
すぐに流れ落ちてしまう

Ⅱ

よく眠るあの子のうわごと
星を舐めるとべろが青くなる理由がわかったらしいよ
今月のWIREDで読んだ
但馬屋珈琲店が見えれば
遠い記憶に波が立つ
新宿だと気がついてしまう

Ⅲ

「在ることのかなしみ」を
不存在の存在の救いを
なにも知らないおとなたち

シナリオはとうに絶え
人波はながれゆく
改札まで七七段
きみのくちびるが不意になぞるそんざい
死してなお　生きてなお
憶えていたいことは
夜更けの針の穴の中にある

Ⅳ

点滅する数字の下で
声をひそめて笑いあった
水曜日はねこの日だって
爪と指先との断絶

四ミリメートル
このさきはふりむかないで
素早くきみが振り向いて
ゆれる髪の色は

複製・雨の五分間

／
手招きをする朝の日、頼りなさにつらつらとしめる。
音楽が鳴り出す、
それはわたしの知らない音楽で、壁越しに響く音楽なのだ。
悲しい顔を蔑むひとの、なんて荘厳な将来のこと。
洞窟をくぐるナスカの地上絵、自浄作用の強い鳥。
明日にはカンナビスをかじり岩の祠でブルータスを読む、
寝転がって汗を舐めて
／

／
遠吠えをする、
虎の合図に負けないほどに、通り過ぎたあとに見える遠景は鮮やかで、
死ぬまで先頭にいるのだと思いました。
とてとてと歩くねこの尻尾を追いかけます。
わたくしはそろばんを知っておりますので、そうですね、
金木犀の葉をよく重ねると再現できる同じ日、
ピンク色の壁を思い出します

／
登り下りをするおふとんの、
隙間にみえてしまった女の香りが焼きついている
なれた様子で火をともして、
こおろぎは粉々になってしまうのだろう、

すこしもかなしくはないけれど。
わたしの明日を象るそれは
真ん中に穴が空いている (it has a hole in the middle)
親指と人差し指の腹で円を描く、何度も何度も何度も
なんども続けていると夜が通り抜けて
たびたび来訪する人の耳たぶをはむ

／

誰かのことを思うとき、そのひとはそれを気づかないうちに微かに受け取っていて、
同時にわたしのことをすこし思い出すのではないかと思う。
あたらしい世の人々は、一度しか死なない。
別れの日に、忘れ草をつまなくても、わたしたちは日々出会いを更新して、
そうしてそれを溜め込んでいく、
別れを知らず、

死ぬまで繋がりを持ち続けて繋がりに繋ぎとめられていつかそれは重く重くにくたいに赤い跡を残す。もうやめて！　と叫ぶ君の、半ば恍惚とした顔。
もう半分に翳るのは愛されなかったという虚ろな実感だろうか。
きみたちの〝き〟は、いつか誰かに印を残すと
／

めくる

アスファルトの照り返しがあまりに酷く
コツコツと足音を鳴らしあるく日
きみを変わらず探して
どうか見つかりませんようにと呟く
ビルの窓の内側に広がる喧騒は、
変わらずきみを拒んでいるのに
ああも鋭く喉を刺した空気は
柔く甘くわたしのなかに迎えられいまは
からだに
溶けこんでいる

カレンダーをちぎるたびに
うすい膜が肌に重なる
すこしずつかたくなって

nanda

皺々のタクシーの領収書を伸ばし朝陽に透かす、鞄を捨てる

「だいたいの世の中はファッキューなわけ」周囲のざわめきに彼女の黒い髪の毛先が揺れた。

「だから手を引いてあげないといけないわけ」白い泡はもこもこからしぱしぱになってしまった。そうなるともう誰も助けられない。ためいきを噛みしめる。深く深く潜れば向こう側に顔が出せると信じていた、ザーサイときゅうりの惣菜を噛みしめると味がする。いまはザーサイときゅうりを噛みしめると味がする世の中にいると気がつくと、丸まっていた背

中はとつぜんに熱を帯びた。背骨はいまにもアヴァランシェ
を起こそうとしている。
目の前にある女の瞳を、これはキャッチボールなのだ三日月
の背にはりつく弧をなぞったようなうつくしさが求められる
ような場面のようなのだ、秘密の言語を、この瞬間はすべて
が分裂しているような感度をすこしも欲してはいないのだ、
「ゆるせないよね」そこから頷きが刻まれる

口角を平行に保つ訓練と波打つ文字の泡の色と
It was apparently needed then, and now it isn't,
I AM afraid.

光明を望んだ淡い三角形の立場から薄い水を注ぐ

世の中に波がおしよせ、引いていく音がしている。床にひとり伏せっていた彼女はいまは彼の腕の中にいて、朝焼けの裂け目から響くさざ波や異国のクラクションの音を幸福と認識する。ここはやや間違えられた世界だ。不適切な環境の音、適切すぎる温度の調和。垂れ幕の朝は裂傷をごく自然に受け入れている。ここでは誰かが街をえらびつづけ、アスファルトの上空に港街の波の音が響きわたる。手のひらのなだらかな幾何学は決して音を立てることがなく、不本意にぼくは厚みを帯びる。一糸まとわぬ実体の不機嫌さをポリエステルのやわらかな羽に隠している。世の中はぼくの目前に大きな海を表そうとしているのかもしれない。一面が鏡のように反響する浅瀬を、いま表そうとしている

のかもしれない。変貌をとげる澄んだ夜明けを支点と
して

肉体に近づけた色のない液体をうす赤い淫蕩の器官からインポートし、音もなく煮詰まったわたし自身をかすかに湯気の立つ曲線から排出する。満たされた器に、神は降り立たないと、とおいむかしから定められている。ふと目をやった先のガラスの歪みが固有のくらやみの中に刻まれてしまった。透けそうな爪を差し出して計測をはじめるが、その見晴らしはわたしが意図したもので、ほんとうはあきらかに存在するうとましい物体なのだ。あわれさを見出すのか、手を伸ばしたことをたたえるべきなのか、〇と百を彼らはどのように記しているのか、検討されるべき事項はあまりにも多いがその術は知られておらず、身を投げた先で閉ざされた右の聴覚

化物

なにか、との、邂逅
ひらく、音のような
放射して、ひらく、音を
文様として拡散する
粒を抱いて（地面のメタファーのように）
ひらく
朱の混じる　地面のメタファーのように
真空の、音、を拡散させる

拡散する

匂いを
いつか焼き果てるタンパク質の
現存する
音を
いまは朽ちていくタンパク質の
ただそこにある
構成するもの
再現をする
輪郭だけがなぞられた果ての

世（1）

（ふたつの瞳を支点として）

わたしはいま、その私性を排除しなければならないフェーズに到達している。
同じ章を長く続けすぎることは愛読家からは特に好まれない。
爬虫類のように皮を脱ぎ捨てその身の厚みを増し柔らかく生という複雑な事象をよりいっそう体現し、またかつて自分のいちばん外側を包んでいたもの自体も神秘さをもって尊重されるものとなるのか、
あるいは、玉葱と同じく、こんどこそはその実態にたどりつけると信じながらめくりつづけて、いつか解体され酸化しきった残骸こそが実態だったのだと気づくことになるのかもしれない。

どちらが正しいのだろうか。


時を経て成熟し洗練されうる知性の移ろいをたのしみにしているわたしと、
同時に起こるであろう肉体の酸化と摩耗をたまらなくおそれているわたしがいる。

ニューヨークを歩く中年女性はわたしを知らない。

逃げ場があることにほっとするようで、
もしかして誰にも見えていないのかもしれない、心細さに怯えるようでもある。

幼い頃にみたアニメのひみつ道具をつけていたら、あるいは。

たしかめたくなって息を吸う。

ひゅう、と気管支が小さく音を立てた。

近ごろ雨は冷たくなった。街頭に照らされて黒く光る地面は水をたたえてらてらと光る。

今夜は雨を浴びに行ったから、笛のように鳴る気管支はその代償だ。

（誰でもないを支点として）あるいはインターネットの提示

祝日の、人のまばらな車内、意識を保っている人たちのほとんどは手元を覗き込みせわしなく指を動かし続けている。

素足でかかとのないローファーを履く女性の足の底からグレーの毛皮が飛び出ている。

その日の気温は二〇度を切り、空中を漂う粒子らしきものは次第に歳を取りはじめていた。


季節は無数の粒子の流転により起こる。


〝われわれ・あなたがた・それら〟（暫定的にそう記すほかない）が含むサジェストは厖大であるためタンパク質の器には適さず、よってときおり不具合により受け取る個体は苦しむことになる。

受け取ってしまった場合、彼らはまず白い壁に耐えられない。

また、鉄道のうち、地下を走るものもまた敵である。それらは窓を有しているのに景色を欠いているためである。

四方を囲まれれば〝われわれ・あなたがた・それら〟に思考を覆われ真皮より深部が激しく揺さぶられる。

タンパク質では応答が追いつかない振動が内部で起こり、軸としている視点が溝である時間から外れそうになる。

たいていの個体はそれでも声を出す、その場を飛び出すなど咄嗟の本能的な防御姿勢を取ることによりけなげにルートを保とうとするが、
ごく一部は魅入られてしまいそのまま溝を失う。

すると、所定の器ではもはや存在を維持しかねるため視点のみが独立することになる。

オリジナルに合流することはできず、視点は視点として流転をはじめる。

タンパク質の集合体が元素を崇めるコミュニティは、このような様態を不完全に複製した。

流転することは叶わなかった。

世（2）

（韻とネーション）

ハリボテのように黒や灰色のジャケットを着た背中が連なる。

斜めにかけた鞄のストラップにしたがって皺の刻まれる安価なプレタポルテ、うっすらと艶がかった糸が縦に織り込まれた紺色の生地で組み立てられたプレタポルテ、
それらに包まれる熱を帯びた有機体はほとんどの時間を人として扱われ人としての自覚を伴って過ごすが、そのときに限り〝they〟は一時的に変質している。

沈黙を持って、詰め込まれ、押しのけられ、在ることにただ懸命に耐えている。

沈黙の丘の連なりにより、この国の首都は構成されている。

「愛さえあれば」と呟きながら
日々丘をつくるためのなだらかな背中を提供しつづけている、
悲鳴を上げる十代も最終的には主張を求められ続けることに疲弊し、押し黙ることを美徳
と捉える。
ここは、得意とする音の違いによってカテゴライズされる星の、母音の強い島だ。
母音は認識さえできないうちに人々を制圧し統治を開始した。
認識とは記録すること、記録は文字によらなければ引力を持たない。

文字が形作られるまえ、言語が生まれた。
マカロニは黄色くねじれた小麦の乾物を示し、ていねいは物や人が現状を維持できるよう
扱って破綻を予防することを示す。
きみ、おまえ、あなた、わたくし、あたし、ぼく、おれ、母音が強いばかりに人格さえも
制御される。

同じ日に生まれた、同じ苗字と同じ名前の人を目のまえにすれば全く違う風貌で全く違う環境で伸展してきた肉体と精神を持っていると知っていても自他の差は曖昧になる。強く定義されているはずのオリジナルの存在であるという自覚は、発話するための語彙を失えばかくも柔らかに崩れ去る。

それは、島がほんらいは異なった抑揚と表現を礎とする小国家の集合体であるにもかかわらず、「かつてそうであった」ことにしようとしている危うさに由来する。境界を踏み越え人らしさを取り戻した沈黙の丘は生ぬるい息を吐き、心臓の鼓動により血液が循環しているという実感が無意識のうちに込められた彼らの小国家それぞれに特有の音程でようやくことばを発する。

そのとき、彼らの周りには瞬間的にふるさとの匂いが宿る。

人の体温とさほど変わらない温度のそれはすぐに消え去り、都の役割は守られる。

（二人称のみがあり得べき場合）

よく晴れた日に揺れる箱のなかでわたしだけに響くギターに耳を澄ませてわたしは薄くのばした香水が正常に香っていることを確認する、肌の上空三センチメートルのみ漂うわたし固有の匂いすなわちたいしゅうと香料のミクスチュアはほとんどあなた専用で、ほかの人に届いてしまえば憤りさえ感じてしまうのかもしれない、わたしはお金がなくてもクリアな音の鳴る弦をずっと買っていた、そういう女だから、

ねえねえと声をかけて間髪入れずに差し込まれる好きに声にならなかった分だけ気持ちが増幅して、うっとおしい右耳の上の髪の房を留めたおろしたてのヘアクリップを卵のかたちだねと形容するばかりのそっけなさが物足りなくなる、しかし人類のおよそ半分はそのような反応を取ると思い出し一・五秒で機嫌を直すのだ、自分のための研鑽を誰かを喜ばせるためのものにはしたくない、それでも喜ぶ人を拒む気持ちはすこしもなく（唇が柔らかくてよかった）つつましい衝突によりわたしの一四％ほどが外在化する。

受け入れること、それはわたしが最近知りつつあること、

横隔膜から幹を走る電流に声帯を震わせ、繊細な表現を用いて、どうして人々は大きな声
で話さないのだろう、見上げた顔から読み取れる特異な感情、わたしだけの、支える皮膚
に犬歯を立てて、肉体を構成する有機物の内側から湧き出る渦はいっそう回転数を増す、
陽だまり状になった渦は次第にわたしを飲み込んでしまうので、墜落を防ぐための手段と
してあなたが気に入るかもしれない領域をひとつひとつあらためることを試みる、
信号を察知してまたギアを切り替えるあなた、
そうしてわたしはわたし自身が固体であることがひどく憎くなる、
迎えることへの安堵と、一〇〇%の外在化もしくは欠くことのない同期はやすらぎである
と信じて

都市のスケッチ

くぐもった灰色に染まったふわふわの犬
昨日と同じ角で抱えられている
わずかな期待を抱えて前を通るが
彼／彼女の瞳は他者を決して認めない
光のささない深い黒さをたたえて

上半身が前に倒れないように
ガラスに写る　足を動かす
回転運動を伴う我々の移動は
動力を他に依存せずとも運転と呼ぶ

身体の自覚はごく限られている
両眉の裏から生え際にかけては
長方形の水面に守られていて
わたしの意識は揺蕩する
たしかに接地しているはずであるのに
プレートの小さな揺れを認識できない
どころか
まれに水面が傾くと
身体自体の一部もあわせて傾く
大きな段差を伴って

眠りから醒めた深夜の渇き
二杯目の味噌汁の器が傾いて
左手の甲に熱湯が注がれた

細く揺らぐ痛みは炎のゆらめきを肌に植えたようで
白く生気のない石の上に散った海藻と味噌の
非日常らしいあざやかさを前に
わたしだけが当事者だという自覚を提示した

電話をする男から離れ
床の上に自覚的に寝そべる皮の鞄
意思を持たされた物体に目を奪われながら
改札をくぐり抜ける

節節

二六日　夜更け

眠れない日はいつもキッチンに座り込みなにかあたたかいものを作って飲む。
あたたかいものは味噌汁であったり、
白湯であったり、
生姜の入ったくず湯であったりする。

視界を低くし、両肩甲骨を壁や棚にぴたりとつけ、
尻の肉を骨と固い床の間に押しこむ。
両手で熱源を包み込み、首を真上にあげると、

眩しい。
皮膚を用いて光から瞳孔を隔てる。

すると、居心地の悪い首の後ろの余った皮が白い支柱のすぐそばまでにじり寄る。
皮膚を通って旋毛から頬骨まで、柑橘の味がするようなごく薄い、
半透明のかけらがしんしんとふりそそぐ。

ふり積もらず頬骨の下に滲みていく明るさは、どこかこの世の力のようだ。
隔離された肩から下では胸骨が上下し、大気から必要な原料を補充する。
いつかどこかで嗅いだ匂いが、いまここにある指先に戻ってくる。
わたしはこの窮屈さのなかで、生きている。

三一日　よく晴れた昼下がり

馴染みのある駅で降り、やや馴染みのある大学の構内を歩く。
敷地の外れにある門をくぐれば音のない住宅街に身を潜めることになる。
足音を立てないように、
黒い革靴のすり減ったゴム底をかかとから舗道に乗せる。
身体を運転しているうちに、注意深く気を遣った足元から順に身を置く世界が変更されて
いくことに気がついた。
昨夜ひとりで受け止めきれなかった絶望は、
暖かな不感の光に染まった住処の気配を塗り替える。
踏みしめるたび、無温の恐怖が地にしみこんでいく。
じわりじわり、と滲み出る。

一日　夕食のあと

つとめて平静を保つということに慣れている。
膝を折って照明を見上げる。
世界から離れてしまいそうな皮膚の痛み、
内側に閉じ込められたと自覚し叫び出しそうになる自我は、
彼女の呼び止める声で引き戻される。

五（六）日　湯に浸かる

難しいことの難しさを噛みしめている。
色覚が濃いと愛するひとで、そうでなけ
れば愛されるひと。やけに耳に残ってい
ることばと、さいきん組み立てていた蝸
牛のうちがわ、自然に複雑に絡みあった
われわれとそれらのことを思う。
知らないことで成り立つわたくしの地平
主人公にしかなりえない観点のゆらぎは
日々のすべてに隠されている
触覚を覆ってわずかに声をあげて
目を逸らす矮小さがことさらに
ゆらぎを増幅させる
かならずあるものの

確かさとその先のふ確かさに怯えて
ふやけた皮膚の感覚が
ぬるい湯のなかいっぱいに拡がる

二〇日　布団に包まれて

とどこおっていた
丸みを帯びた角をもつ大きな立方体が
子宮から喉のなかば、喉仏のあるような高さまで
ひどく濁った彩度の低い緑色
なかに沈んだ
心臓のすぐ後ろから真上に伸びる管が
どろどろとつまる音が響く
ゆっくりと循環して
隅まで届けば尖った風味を携える

わたしはこれから
飛びこみを

手前の丸みに掌を這わせ
摩擦のかからない振動を加えると
肋骨のばしょが浮かびでて
それが融解する
とくべつよりずっと求められていること
君が気づいてしまえるように

七日だったはずの日

窓の外を覗いたところ
橙色の安堵の空気が流れていた
とくとくと音を立てて始まる支度
わたしの見てみたかった流動が
潮としてようやく手許に訪れたのだと肌で知る

背が伸びきったころから
赤みを帯びた指先を褒められることが多かった
長くても決して細くはなく
華奢な銀細工をひとさしゆびに嵌めてはにかんでいた
むかしのおんなと
戸惑いながら揃いのそれを小指にどうにかおさめていたわたしが
申し訳なさそうに矮小な店の路地に立っていた

望むように飾りつけのできない十本の指を疎んでいた記憶を背にして
彼らの言葉を耳にすると
恵まれた生活を露わにしているようで
わずかにひずんだクリシェを返すほかなかった

雨雲のような髪を持て余す医師の
黄緑の瞳
その周辺の光景はたしかに無機質なモニタと
慌ただしく動く指であったはずなのだろうが
まろやかさを帯びた眼線の先で
彼の平静が染み込んだリーガルパッドに鉛が載せられていくさまが
わたしの暗闇にはうかんでいる

まぶたを閉じて
寝台列車で眠る彼の吐息に

ゆっくりと自分の吐息を重ね
落ちていこうと

一九日　終焉のように晴れた日

いまはごく親しい友人と出会ったばかりの頃、
大学構内の喫茶店で果実の入った甘い紅茶を飲みながら、

「冬は死の季節だから好きだ」

と話したことがあった。

彼は細く笑っていたことはたしかだが、彼の発した音はもうわたしのなかには残されていない。


仕事の前に、曲線を描いているのにひどく冷たい灰色のベンチに座って麦茶を飲んでいると、座面の表に映っていた流転の兆が見えてしまった。

わたしは思うのだ、
晴れた日の痕跡は、終焉の時によく似ているのだと

飛行機の飛び去ったあとは風で薄くのばされていく
晴れた日を
薄くのばすと終焉になる

すぐ後ろにサンドイッチをむさぼる同僚がいる
彼は到来に気づくだろうか

立て看板になってしまった祝宴に並ぶ人びとの
綺麗な背中に宿るもの

時計台から
ファンファーレがきこえる

インカレポエトリ叢書Ⅱ
節節
二〇二〇年七月一日　発行
著者　川上雨季
発行者　知念明子
発行所　七月堂
〒一五六―〇〇四三　東京都世田谷区松原二―二六―六
電話　〇三―三三二五―五七一七
FAX　〇三―三三二五―五七三一
印刷　タイヨー美術印刷
製本　あいずみ製本

setsu setsu

ISBN 978-4-87944-407-3　C0092